Analyse de l'œuvre

Par Jule Lenzen

Homegoing

Yaa Gyasi

lePetitLittéraire.fr

Analyse de l'œuvre

Par Jule Lenzen

Homegoing

Yaa Gyasi

lePetitLittéraire.fr

Rendez-vous sur lepetitlitteraire.fr et découvrez :

Plus de 1200 analyses
Claires et synthétiques
Téléchargeables en 30 secondes
À imprimer chez soi

YAA GYASI

ROMANCIÈRE AMÉRICAINE D'ORIGINE GHANÉENNE

- **Née à Mampong, au Ghana, en 1989.**

Yaa Gyasi est née au Ghana. En 1991, son père préparait un doctorat à l'université d'État de l'Ohio. La famille a donc déménagé en Amérique et Yaa Gyasi a grandi à Huntsville, en Alabama, dès l'âge de dix ans. Elle vit actuellement à Berkeley, en Californie. Avant d'obtenir un master of fine Arts de l'Iowa Writer's workshop, Gyasi a étudié l'anglais à l'université de Stanford. Enfant, elle aimait lire. Après avoir lu *Le Chant de Salomon* de Toni Morrison, elle a décidé de devenir elle-même écrivaine. *Homegoing*, son premier roman, est immédiatement devenu un best-seller international et a été sélectionné pour plusieurs prix littéraires. Il a également remporté le prix John Leonard du national book Critics' Circle pour le meilleur premier livre.

HOMEGOING

UNE HISTOIRE FAMILIALE SUR LES EFFETS DESTRUCTEURS DE LA DOMINATION COLONIALE ET DE LA TRAITE DES ESCLAVES.

- **Genre :** Roman
- **Édition de référence :** Gyasi, Y. (2017) *Homegoing*. UK : Penguin Books.
- **1ère édition :** 2016
- **Thèmes :** Le Ghana, les guerres tribales, la colonisation britannique, la traite des esclaves, l'Amérique, la ségrégation, la guerre civile américaine, l'histoire de la famille.

Homegoing retrace l'histoire familiale de deux sœurs, Effia et Esi, qui ne se sont jamais rencontrées. Esi est vendue comme esclave aux colonies américaines, ce qui signifie que ses descendants sont basés en Amérique. Effia est mariée à un marchand d'esclaves au Ghana, et ses descendants conservent un lien fort avec le Ghana, et, pour la plupart, y vivent. Gyasi a été largement inspirée par le racisme encore institutionnalisé qu'elle a ressenti en grandissant en Alabama. Elle a été inspirée pour écrire le roman après son premier voyage au Ghana depuis qu'elle a quitté le pays étant enfant (*internationales literature festival Berlin*, 2018). Parmi les 14 personnages principaux, Marjorie a les liens autobiographiques les plus forts avec l'auteur (Hericson : n.p.). Gyasi a également été influencé par d'autres œuvres telles que le *Chant de Salomon* de l'auteur afro-américain Toni Morrison, ainsi que *Cent ans de solitude* de Gabriel Garcia Marquez (*Penguin*, 2017). Le roman est divisé en deux parties : avant et après la guerre civile américaine.

RÉSUMÉ

EFFIA ET ESI

Effia, la fille de Baaba et Cobbe Otcher, est née la nuit d'un terrible incendie à Fanteland, au Ghana. Toute sa vie, elle et Baaba ont une relation difficile, et Baaba la déteste. Ce n'est qu'après la mort de son père qu'Effia apprend la vérité par son (demi-)frère Fiifi : elle n'est pas vraiment l'enfant de Baaba, mais celle d'une servante qui s'est enfuie pendant la nuit de l'incendie. Effia admire beaucoup le futur chef du village, Abeeku, et est promise à lui en mariage. Cependant, par une ruse, Baaba parvient à marier Effia à James Collins, le gouverneur du château où sont détenus les esclaves africains. Effia commence à l'aimer profondément et il semble l'aimer aussi. Cependant, il a aussi une femme en Angleterre. Effia est horrifiée par le commerce d'esclaves qui se déroule sous ses pieds au château. Elle finit par tomber enceinte de James. Baaba donne à Effia une pierre noire de sa vraie mère lorsqu'elle part.

Esi grandit dans un village de la nation Asante au Ghana. Elle est la fille de Big Man Asaare et de sa troisième femme Maame. Ce n'est qu'au cours de son enfance qu'elle apprend l'existence de sa sœur : sa mère, Maame, a été esclave à Fanteland et a été violée. C'est pourquoi elle s'oppose désormais à la traite des esclaves dans son propre village. Un jour, un clan rival attaque le village pour récupérer certains de ses esclaves. Esi est capturée et amenée au château comme esclave. Elle est violée par l'un des officiers et expédiée en Amérique. Elle aussi a reçu une pierre noire de sa mère, mais elle doit la laisser au château.

QUEY ET NESS

Quey est le fils d'Effia et de James. Effia est toujours en vie, et le lecteur en apprend davantage sur sa relation avec James, qui semble avoir été heureuse. James meurt peu après avoir envoyé Quey à l'école à Londres. Il le fait car il a découvert l'attirance homosexuelle entre Quey et son ami Cudjo. Lorsque Quey revient, il peut d'abord continuer à travailler au fort, puis il est envoyé dans le village de sa mère pour servir de médiateur entre les habitants et les Britanniques dans le cadre du commerce des esclaves. Son oncle Fiifi est un personnage important du village. Quey rencontre également Cudjo à nouveau et éprouve toujours les mêmes sentiments pour lui – il rêve d'être enfin avec lui. Un jour, Fiifi revient d'un raid sur un autre village : ils ont capturé la princesse Asante. Fiifi ordonne à Quey de l'épouser pour renforcer la position des Fante sur la Gold Coast, et Quey comprend qu'il doit faire son devoir.

Ness est la fille d'Esi, née pendant le voyage du Ghana vers l'Amérique. Elle se souvient de sa mère mais a été séparée d'elle à un jeune âge. Son histoire reprend lorsqu'elle travaille pour un fermier en Alabama. Là, elle forme une alliance étroite avec une petite fille nommée Pinky. Il apparaît peu à peu que Ness était mariée à un autre esclave, Sam, dans sa précédente ferme (dont le propriétaire n'est jamais désigné que par le nom du

Diable). Ils ont eu un fils ensemble, Kojo, et ont décidé de fuir avec l'aide d'un autre esclave, Ma Aku. En fuite, ils ont été capturés, et Sam et Ness se sont sacrifiés pour sauver leur bébé, qui a réussi à s'échapper avec Ma Aku. Sam a été pendu par le diable, et Ness a été si violemment fouettée que son dos et ses épaules portent d'horribles cicatrices. Plus tard, elle a été vendue à la ferme où elle rencontre Pinky et ramasse du coton.

JAMES ET KOJO

James Richard Collins est le fils de Quey et de la princesse Asante. Il est censé épouser Amma, la fille du chef Abeeku, et l'épouse effectivement pour réaliser le rêve de la famille d'appartenir à la famille régnante du village, ce qui aurait déjà dû se produire à l'époque d'Effia. Cependant, lors d'un voyage dans la nation Asante avec ses parents, il rencontre Akosua Mensah et tombe amoureux d'elle. Il lui promet de revenir et déclare qu'il se sent beaucoup plus lié au peuple Asante de la lignée de sa mère qu'au peuple Fante du côté de son père (et d'Effia). Sous un prétexte, il se rend dans le village d'Efutu, où il est impliqué dans un combat entre Asante et Fante. Il est présumé mort, ce qui lui laisse le champ libre pour s'échapper vers sa vie avec Akosua. Effia et Fiifi sont encore en vie de son vivant.

Kojo ne rencontrera jamais ses parents biologiques, Ness et Sam. Il est élevé par Ma Aku à Baltimore, où il a obtenu le statut d'esclave libre. Il est marié à Anna, et ensemble ils ont sept enfants, et un autre en route, dont le nom commence par les lettres consécutives de l'alphabet.

Leur niveau de vie est grandement amélioré par la charité d'une famille blanche, les Mathison, qui se bat pour les droits des Noirs. Une loi est adoptée qui permet aux forces de l'ordre de capturer tous les fugueurs présumés, et un jour, Anna, lourdement enceinte, ne revient pas. Dix ans plus tard, Kojo déménage à New York.

ABENA ET H

Abena est la fille de James et Akosua. Elle ne sait pas qu'elle appartient à la lignée royale des Asante et son père est seulement connu sous le nom d'Unlucky» parce qu'il n'a aucun talent pour l'agriculture. L'histoire de la famille est coupée ici, car Abena n'a jamais appris à connaître ses racines. Lors d'un voyage à Kumasi, elle rencontre brièvement un vieil homme qui la prend pour James. Le village d'Abena a de mauvaises récoltes et les habitants accusent Abena d'avoir une liaison avec Ohene Nyarko, qui a promis de l'épouser lorsqu'il aura fait une bonne récolte. Un an plus tard, Ohene introduit le cacao comme plante d'un autre village, et il produit la première bonne récolte depuis des années. Cependant, Ohene n'épouse pas Abena, car il a promis d'épouser la fille de l'homme qui lui a vendu les graines de cacao. Abena s'enfuit dans une église missionnaire chrétienne à Kumasi.

Entre les chapitres d'Abena et de H, la deuxième partie du livre commence, ce qui signifie que tout, à partir du chapitre de H, concerne l'époque qui suit la guerre de Sécession. Dans le chapitre de H, le lecteur apprend ce qui est arrivé à Anna: elle a été capturée et tuée, et le bébé H a dû être extrait de son corps mort pour lui sauver la vie. H grandit dans une ferme du Sud et est libre après la guerre civile. Il est alors enrôlé de force pour travailler dans les mines de charbon, où il passe la majeure partie de sa vie adulte. Une fois libre, il s'installe à Pratt City et écrit à l'amour de sa jeunesse, Ethe, qui le rejoint peu après. H ne rencontre jamais le reste de sa famille et n'a aucune idée qu'il a sept frères et sœurs et un père, qui sont vraisemblablement encore en vie pendant une grande partie de sa vie. Son père vit peut-être même à New York en même temps que lui. Comme dans la lignée d'Effia, l'histoire familiale subit ici une coupure complète.

AKUA ET WILLIE

Akua grandit dans l'église missionnaire où sa mère a trouvé refuge. Elle ne peut pas s'identifier aux enseignements chrétiens; c'est un guérisseur local qui lui sert de modèle. Plus tard, elle apprend que le missionnaire a accidentellement tué sa mère lorsqu'il a essayé de la baptiser dans la rivière. Il a brûlé son cadavre et tous ses biens. Akua est mariée à Asamoah et a trois enfants, deux filles et un fils. Elle est traumatisée lorsqu'elle voit les villageois brûler un homme blanc et ne cesse de voir dans ses rêves une femme de feu tenant deux enfants de feu. Il y a aussi une guerre entre les tribus et les Britanniques, dont le mari d'Akua revient unijambiste. Une nuit, Akua est somnambule, met le feu à la hutte et brûle ses enfants – son mari ne parvient qu'à sauver le bébé Yaw, leur fils. Dès lors, les villageois l'appellent « la folle ». Le missionnaire finit par lui rendre son collier de pierres noires.

L'histoire de Willie commence alors qu'elle vit avec ses deux enfants à Harlem, un quartier de New York. Rétrospectivement, elle raconte son histoire d'amour avec Richard, qui a grandi avec elle à Pratt City. Sa peau est très claire et lorsqu'il déménage à New York avec Willie et leur bébé, Carson, après la mort des parents de Willie, il se rend compte que la population blanche l'accepte comme l'un des leurs. Les époux s'éloignent l'un de l'autre, et une nuit fatidique, ils se rencontrent par hasard dans le club où Willie travaille comme femme de ménage. Richard est forcé d'avoir des relations sexuelles avec elle sous le regard de ses collègues, puis il part. Willie le revoit une dernière fois, et il semble s'être remarié, cette fois avec une femme blanche, avec laquelle il a un enfant. Willie entame ensuite une relation avec Eli, qu'elle rencontre à l'église. Il est poète et s'absente souvent pendant des mois. Ils ont un bébé ensemble, Joséphine. Willie a un talent pour le chant, raison pour laquelle elle a déménagé à Harlem, et à la fin de son histoire, elle commence à chanter des gospels à l'église.

YAW ET SONNY

Yaw est enseignant dans une école du Ghana. Il est déjà d'âge moyen et se distingue par la cicatrice qu'il a eue sur la joue lorsqu'il était bébé. Il ne croit pas qu'il trouvera un jour l'amour, et vit loin de chez lui et de sa mère, « la folle ». Il finit par trouver une femme de chambre, Ethe, et après quelques années, ils voyagent ensemble pour voir Akua. Dans le chapitre de Yaw, Akua peut enfin expliquer ses rêves et l'histoire de leurs ancêtres est dévoilée. Yaw est amoureux d'Ethe mais ne s'est pas encore déclaré lorsque le chapitre se termine.

Willie est toujours une forte présence dans la vie de Sonny. Il passe sa vie à Harlem, et fait d'abord campagne pour l'égalité des droits des Noirs, ce pour quoi il est constamment arrêté. Cependant, après un certain temps, il abandonne. Il rencontre Amani, qui est héroïnomane, et devient lui-même dépendant. Mais Willie finit par le convaincre d'abandonner la drogue.

MARJORIE ET MARCUS

Marjorie grandit dans l'Alabama aux États-Unis, enfant d'Ethe et de Yaw, qui est devenu professeur à l'université. Elle se rend chaque année au Ghana, et sa grand-mère Akua est très présente dans sa vie. C'est auprès d'elle qu'elle apprend l'histoire de ses ancêtres. Elle diffère des autres enfants afro-américains de son école, car elle est une immigrée de première génération et ne porte pas l'histoire de l'esclavage. Elle a une brève liaison avec un garçon blanc, Graham, de son école, mais ses parents lui interdisent de sortir avec elle à cause de la couleur de sa peau. À la fin du chapitre, sa grand-mère meurt, et elle est dévastée.

Pour Marcus, Willie et Sonny sont tous deux des per-sonnages importants de son enfance. À un moment donné, il est sauvé par eux après avoir été enlevé par sa mère Amani, une héroïnomane. Marcus finit par étudier à Stanford, où il passe un doctorat en sociologie, en essayant d'écrire sur la conscription forcée des Noirs dans les mines. Marcus rencontre Marjorie lors d'une fête et ils deviennent des amis proches, se rapprochant par leur intérêt commun pour le Ghana. Ils s'y rendent ensemble, et Marcus est la première personne de sa lignée familiale depuis Esi à retourner dans son pays natal. Lui et Marjorie combattent ensemble leurs démons : Marcus a peur de l'océan et Marjorie du feu, probablement comme leurs ancêtres, Effia et Esi.

ÉTUDE DE CARACTÈRE

Le roman compte 14 personnages principaux au total, auxquels s'ajoutent de nombreux personnages secondaires. Par conséquent, dans cette section, seuls deux personnages seront analysés en profondeur : Kojo de la lignée d'Esi et Akua de la lignée d'Effia. Ils ont été sélectionnés car ils sont cruciaux pour le développement des thèmes du roman.

KOJO

Kojo est le fils de Ness et Sam, qui ont échappé au propriétaire d'esclaves appelé le Diable avec l'aide de Ma Aku. Il grandit sous sa garde à Baltimore, où ils obtiennent tous deux le statut d'esclaves libres. Ma Aku est comme une mère pour Kojo, et ils sont très proches. Elle vit également avec lui lorsqu'il est marié à Anna, qui est née libre : lui et Anna ont sept enfants, et Anna est enceinte d'un autre, le bébé H. Kojo travaille sur les quais de Baltimore et essaie d'éviter autant que possible l'attention de la police, car les Noirs sont beaucoup plus susceptibles d'être arrêtés. C'est un bon travailleur, fiable, qui s'occupe de sa famille, et il est dévoué à sa femme et à leurs enfants. Il essaie d'être un bon père, car il n'a jamais connu les siens. Kojo et sa famille vivent sous la protection des Mathisons blancs, qui se battent pour les droits des Noirs. Kojo lui-même se tient à l'écart de la politique. Il est très amical, quelle que soit la couleur de peau d'une autre personne, et il aime la ville de Baltimore.

Il s'effondre lorsque Anna disparaît. Il n'est plus un bon père pour ses enfants et devient extrêmement déprimé. Une fois que ses enfants ont déménagé et que Ma Aku est mort, Kojo quitte la ville et s'installe à New York.

AKUA

Akua est l'un des personnages les plus présents dans le roman : elle est mentionnée dans son propre chapitre, ainsi que dans les chapitres de Yaw, Marjorie et Marcus. Elle a des visions, et c'est grâce à elle que Marjorie connaît ses ancêtres.

Akua est la fille d'Abena et d'Ohene Nyarko, bien qu'elle ne connaisse jamais l'identité de son père. Elle grandit à l'église missionnaire de Kumasi, mais elle est plus impressionnée par les enseignements du sorcier local. Elle quitte l'église pour épouser Asamoah et apprend que le cadavre de sa mère a été brûlé par le prêtre qui l'a accidentellement tuée. Cela a probablement déclenché chez Akua une peur tenace du feu. Elle n'aime pas cuisiner, et voir les villageois brûler un homme blanc sur le bûcher ne fait qu'empirer les choses. Elle commence à avoir des rêves visionnaires d'une femme de feu et de ses deux enfants de feu (en référence à son ancêtre Maame et à ses deux filles Effia et Esi) et est terrifiée à l'idée de s'endormir. Pendant son somnambulisme, Akua brûle la hutte où se trouvent ses deux filles, Abee et Ama Serwah. Elle aime ses enfants et est dévastée, et ne se pardonne jamais ce qu'elle a fait (p. 242). Son fils Yaw survit, mais il ne lui parle plus jusqu'à ce qu'il soit lui-même un homme d'âge mûr. À ce moment-là, Akua est devenue plus lucide que lorsqu'elle a commencé à faire des rêves : elle explique à Yaw, et plus tard à sa petite-fille Marjorie, qu'elle a vu l'histoire de leurs ancêtres. Akua a un instinct pour le surnaturel, qu'elle décrit comme son «oreille grandissante» (p. 177).

Elle offre également à Marjorie l'héritage familial, le collier de pierres noires. Elles sont extrêmement proches et Marjorie lui rend visite une fois par an au Ghana, où Akua vit près du château où ses ancêtres ont été vendus comme esclaves. Akua a reçu plusieurs surnoms au cours de sa vie : "Crazy Woman" et "Old Lady". Elle meurt dans son sommeil et est enterrée sur une montagne surplombant la mer du Ghana.

ANALYSE

L'IMAGE DU FEU

L'une des images qui revient tout au long du Roman est celle du feu. Cela commence dès la première génération, avec Effia qui naît la nuit d'un incendie :

> *« La nuit où Effia Otcher est née [...], un incendie a fait rage dans les bois, juste à l'extérieur de l'enceinte de son père. Il se déplaçait rapidement, se frayant un chemin pendant des jours. Il vivait de l'air, dormait dans des grottes et se cachait dans les arbres ; il brûlait, de haut en bas, sans se soucier des dégâts qu'il laissait derrière lui, jusqu'à ce qu'il atteigne un village Asante. Là, il a disparu, se confondant avec la nuit. » (p. 3)*

Le feu est doté de propriétés qui lui donnent l'impression d'être vivant, ce qui laisse supposer que le feu pourrait bien représenter Maame, car elle s'enfuit également après avoir donné naissance à Effia et s'installe dans un village Asante. Maame apparaît également plus tard comme la pompière d'Akua (p. 267), et dit elle-même qu'elle a allumé un feu (p. 42). L'importance du feu est encore soulignée au début du Roman :

> *« Il [Cobbe Otcher] savait alors que le souvenir du feu qui a brûlé, qui s'est enfui, le hanterait, lui, ses enfants et les enfants de ses enfants, aussi longtemps que la lignée se poursuivrait. [...] Les villageois commencèrent à dire que le bébé était né du feu [...] » (p. 4)*

Cette image est reprise à maintes reprises dans les générations suivantes, notamment dans l'histoire d'Akua, qui voit Maame comme une femme de feu avec deux enfants de feu. Même avant ses rêves, Akua a peur du feu. Tout comme Yaw, son fils, et Marjorie, sa petite-fille. Un lien avec le feu, bien que moins évident, peut même être observé dans la lignée d'Esi : H travaille toute sa vie dans les mines de charbon.

Le roman se termine également par le feu, et notamment par la victoire de Marjorie sur sa peur du feu :

> *« Elle a marché jusqu'à l'endroit où il se tenait, là où le feu rencontre l'eau. Il lui a pris la main et ils ont tous deux regardés dans l'abîme. La peur que Marcus eût ressentie à l'intérieur du château était toujours là, mais il savait que c'était comme le feu, une chose sauvage qui pouvait encore être contrôlée, contenue. » (p. 300)*

D'une certaine manière, la boucle est bouclée avec la réunion des descendants d'Effia et d'Esi. Marjorie et Marcus ont des peurs opposées de l'eau et du feu, et l'image de l'eau est d'ailleurs reprise à plusieurs reprises dans le roman. Par exemple, Ma Aku, qui élève Kojo à Baltimore, se souvient encore de son pays natal, le Ghana, et pour elle, l'eau symbolise le lien avec son pays d'origine : « On la trouvait souvent en train de regarder l'eau, avec l'air de vouloir s'y jeter, pour essayer de retrouver le chemin de la maison. » (P. 113). C'est le feu qui a séparé la lignée familiale, mais l'océan, ou l'eau, est ce qui a séparé une branche de la famille de sa patrie.

Le lien entre le feu et l'eau est déjà établi dans l'histoire d'Esi, lorsque Petite Colombe dit :

> *« [...] Vous n'êtes pas la première fille de votre mère. Il y en a eu une avant toi. Et dans mon village, nous avons un dicton sur les sœurs séparées. Elles sont comme une femme et son reflet, condamnées à rester sur des côtés opposés de l'étang. » (pp. 38-39)*

LA PIERRE NOIRE

Effia et Esi reçoivent toutes deux une certaine pierre de Maame : « [...] un pendentif en pierre noire qui scintillait comme s'il était recouvert de poussière d'or. » (P. 16). Avec l'image du feu, c'est un thème qui traverse tout le roman. Les deux sont liés, en particulier dans l'histoire d'Akua :

> *« [...] Il a laissé tomber le collier très soudainement et a dit : "sais-tu qu'il y a du mal dans ta lignée ? [...] cette chose que tu portes, elle ne t'appartient pas". Quand je lui ai parlé de mes rêves, il a dit que la femme du feu était un ancêtre revenu me rendre visite. Il a dit que la pierre noire lui avait appartenu et que c'était pour cela qu'elle devenait brûlante dans sa main. [...] » (p. 241)*

C'est la pierre qu'Effia donne à ses descendants. Les deux images sont encore plus liées dans l'histoire d'Akua, car le prêtre brûle tous les biens de sa mère à l'exception de la pierre.

La pierre d'Esi, cependant, ne quitte jamais le Ghana : elle est obligée de la cacher dans le château et est transportée si soudainement en Amérique qu'elle ne parvient pas à l'emporter avec elle. Elle n'a donc aucun héritage familial à transmettre à ses descendants, ni aucun lien avec son pays d'origine. Cette séparation violente se reflète dans la fondation violente de sa lignée familiale : sa fille Ness est le résultat de son viol par un soldat blanc.

En revanche, la lignée d'Effia est fondée sur l'amour et le désir mutuel d'avoir des enfants. Les deux lignées familiales sont cependant interrompues. H n'a aucune idée de qui étaient ses ancêtres. D'une certaine manière, l'image de la pierre sert donc à montrer le caractère perturbateur de l'histoire de l'esclavage. La pierre ne quitte la lignée d'Effia que par l'intermédiaire d'une intervention blanche et coloniale – le missionnaire la garde avant de la donner à Akua. Par conséquent, dans ce contexte, l'absence de la pierre est également causée par la nature perturbatrice du colonialisme. Dans la lignée d'Effia, cependant, le collier de pierres noires revient toujours aux membres de la famille, et il sert de lien puissant avec leur passé ghanéen et avec Effia. Au final, Marjorie connaît toute l'histoire de sa famille. Marcus, en revanche, n'a aucune idée de ses origines avant celles de son arrière-grand-père H.

Marcus et Marjorie sont les premiers membres des deux lignées à se rencontrer – ils retournent au Ghana, et leur union (à la fois avec la famille et avec la patrie perdue depuis longtemps) semble avoir un effet curatif. Cette union est également symbolisée par le fait que Marjorie offre à Marcus son collier de pierres :

« *"tiens," dit Marjorie. Prends-la. Elle a soulevé la pierre de son cou et l'a placée autour de celui de Marcus. "Bienvenue à la maison. Il a senti la pierre toucher sa poitrine, dure et chaude, avant de remonter à la surface. Il la toucha, surpris par son poids.* » (p. 300).

TEMPS

À propos de son roman, Gyasi déclare : « J'avais l'impression que chaque nouveau chapitre, chaque nouveau personnage, était lui-même une sorte de carrefour, avançant sur un chemin qui avait déjà été tracé dans une certaine mesure par les choix du chapitre précédent, les ancêtres » (Hericson : n.p.). Elle montre comment l'histoire de l'esclavage et du colonialisme continue d'influencer le présent.

Les problèmes abordés par Gyasi au début du Roman s'accumulent dans les deux derniers chapitres consacrés à Marjorie et Marcus. Le racisme, tant de la part des Blancs qu'au sein de la communauté noire, et le sentiment de déracinement sont deux sujets centraux. Marcus l'exprime comme suit :

« *Et s'il claquait le livre, alors tout le monde dans la pièce le fixerait et tout ce qu'ils verraient serait sa peau et sa colère, et ils penseraient savoir quelque chose sur lui, et ce serait le même quelque chose qui avait justifié de mettre son arrière-grand-père H en prison, seulement ce serait différent aussi, moins évident qu'avant.* » (Pp. 289-90)

Ici, Marcus montre clairement comment l'histoire de l'esclavage alimente un présent de racisme internalisé. Marcus a également du mal à rédiger sa thèse de doctorat parce qu'il est préoccupé par l'interconnexion de l'histoire de l'esclavage : il lui est impossible de se concentrer sur un fait isolé, car tous les événements de l'histoire de la discrimination à l'égard des Noirs américains semblent être interconnectés. (P. 289).

Du côté Ghanéen, cette interconnexion s'exprime en partie par une peur héritée du feu. En outre, Akua s'exprime sur les effets de la domination coloniale sur la communauté ghanéenne :

> *« ce que je sais maintenant, mon fils : le mal engendre le mal. Il grandit. Il se transmue, si bien que parfois on ne voit pas que le mal dans le monde a commencé par le mal dans sa propre maison. [...] Quand quelqu'un fait le mal, que ce soit toi ou moi, que ce soit ta mère ou ton père, que ce soit l'homme de la Gold Coast ou l'homme blanc, c'est comme un pêcheur qui jette un filet dans l'eau. Il ne garde qu'un ou deux poissons dont il a besoin pour se nourrir et jette le reste à l'eau, pensant que maintenant leur vie va reprendre son cours normal. Personne n'oublie qu'il a été captif, même s'il est maintenant libre. [...] »* (p. 242)

Cette affirmation peut également être appliquée à l'histoire de l'esclavage en Amérique et souligne l'observation de Marcus sur le racisme internalisé. Tout comme la peur du feu héritée de la lignée d'Effia, la fille de Kojo est en proie à des cauchemars qui reflètent l'histoire d'esclavage de ses ancêtres:

> « Beulah » courait. Peut-être que c'est là que tout a commencé, pensa Jo. Peut-être que Beulah voyait quelque chose de plus clair les nuits où elle faisait ces rêves, une petite enfant noire qui se battait dans son sommeil contre un adversaire qu'elle ne pouvait pas nommer le matin parce que la lumière, l'adversaire ressemblait au monde qui l'entourait. » (p. 120)

Gyasi elle-même souligne qu'elle a choisi le format de son roman pour pouvoir souligner l'interconnexion de l'histoire: « J'ai senti que j'avais besoin d'une structure qui puisse supporter le poids d'autant d'années que possible, et j'ai donc décidé de raconter l'histoire par génération » (Hericson: n.p.).

POURSUITE DE LA RÉFLEXION

QUELQUES QUESTIONS À MÉDITER...

- Pourquoi pensez-vous que Marjorie donne la pierre, un héritage familial, à Marcus? Est-ce parce qu'elle réalise qu'ils sont parents? Ou pour une autre raison? Expliquez votre réponse.
- Les deux lignées familiales sont perturbées à plusieurs reprises. Par exemple, James s'enfuit de sa famille, et ses descendants directs n'apprennent jamais leur héritage royal. De l'autre côté, une fois que Kojo est séparé de sa mère Ness, il n'a aucune idée de sa véritable patrie. Pensez-vous qu'il y a plus de liens dans la lignée d'Effia que dans celle d'Esi, comme le montre la présence ou l'absence de l'héritage familial? Expliquez votre réponse.
- Pensez-vous que Marcus a lui aussi le don de vision, tout comme Akua? Considérez le passage de la page 290.
- De nombreuses critiques du roman le présentent comme « l'histoire de l'Amérique » ou « l'impact du commerce des esclaves sur l'Amérique », ce qui a pour effet d'occulter complètement le côté ghanéen du roman. Pourquoi, à votre avis?
- Dans le prolongement de la question précédente, pensez-vous que le roman favorise le côté américain de l'histoire? Considérez également la division du roman en deux parties, avant et après la guerre de Sécession.

- Malgré la différence d'histoire, quels parallèles pouvez-vous voir dans les deux lignées familiales? Justifiez votre réponse par des exemples tirés du texte.
- Dans le prolongement de la question précédente, pensez-vous que certains de ces parallèles montrent que l'esclavage et le régime colonial ont le même effet sur leurs victimes? Considérez également la déclaration d'Akua (p. 242) dans ce contexte.
- James Richard Collins dit qu'il se sent beaucoup plus lié à la lignée de sa mère, la princesse Asante, qu'à celle de son père, qui serait la lignée d'Effia (p. 102). Pourquoi pensez-vous que c'est le cas?
- À votre avis, que signifie « le mal » auquel Akua fait référence dans sa propre lignée familiale (p. 242)? Expliquez votre réponse.

AUTRES LECTURES

ÉDITION DE RÉFÉRENCE

- Gyasi, Y. (2017) *Homegoing*. UK: Penguin Books.

ÉTUDES DE RÉFÉRENCE

- (2017) Les livres qui ont influencé Yaa Gyasi. *Penguin.* [En ligne]. [Consulté le 20 février 2019]. Disponible à l'adresse suivante: <https://www.penguin.co.uk/articles/2017/books-that-influenced-yaa-gyasi.html>
- (2018) Yaa Gyasi [Ghana, États-Unis]. *internationales literaturfestival berlin.* [En ligne]. [Consulté le 13 février 2019]. Disponible sur: <http://literaturfestival.com/autoren/autoren-2017/yaa.gyasi.ldw>
- Hericson, S. (Pas de date) Questions & Answers. *Foyles.* [En ligne]. [Consulté le 13 février 2019]. Disponible sur: <https://www.foyles.co.uk/Author-Yaa-Gyasi>

SOURCES SUPPLÉMENTAIRES

- Les éditeurs de l'Encyclopaedia Britannica. (2017) Asante. *Encyclopaedia Britannica.* [En ligne]. [Consulté le 26 février 2019]. Disponible sur: <https://www.britannica.com/topic/Asante>
- Les éditeurs de l'Encyclopaedia Britannica. (2017) Fante. *Encyclopaedia Britannica.* [En ligne]. [Consulté le 26 février 2019]. Disponible sur: <https://www.britannica.com/topic/Fante>

- Kolchin, P. (1995) *American Slavery: 1619-1877*. Londres: Penguin Books.
- Salm, S. J. et Falola, T. (2002) *Culture and Customs of Ghana*. Westport, CT: Greenwood Press.

Votre avis nous intéresse !
Laissez un commentaire sur le site de votre librairie en ligne
et partagez vos coups de cœur sur les réseaux sociaux !

lePetitLittéraire.fr

- des analyses de livres
- des fiches de lectures
- des commentaires littéraires
- des questionnaires de lecture
- des résumés

**Retrouvez
notre offre complète sur
lePetitLittéraire.fr**

www.lepetitlitteraire.fr

ISBN version numérique : 9782808684484
ISBN version papier : 9782808685283
Dépôt légal : D/2023/12603/1028

Conception numérique : Primento,
le partenaire numérique des éditeurs.

LEI DE PARKINSON

INFORMAÇÃO CHAVE

- **Nome:** Lei de Parkinson.

- **Utilizações:** gestão pública, administração, serviços públicos, gestão de recursos humanos.

- **Por que é bem sucedido?** É uma teoria humorística, mas muito convincente, sobre a propensão da administração para crescer, independentemente da quantidade de trabalho necessário.

- **Palavras-chave:** funcionário público, administração, tempo de trabalho, gestão pública, burocracia.

INTRODUÇÃO

Destruindo as ideias tradicionais de tempo de trabalho, a Lei de Parkinson sublinha humoristicamente o funcionamento da administração burocrática na segunda metade do século XX.

Cheio de humor britânico, e de um período em que os efeitos perversos da burocracia estavam a ser condenados (pense no famoso romance *1984* de George Orwell, publicado em 1949), Cyril Northcote Parkinson (1909-1993), um historiador britânico, publicou um artigo apresentando a Lei de Parkinson em 1955. A lei afirma que a quantidade de funcionários públicos cresce a um determinado ritmo (produzido por uma fórmula matemática imaginativa), independentemente da quantidade de trabalho que haja para fazer.

Definição do conceito

A Lei de Parkinson é baseada em três declarações:

- uma pessoa com um trabalho a fazer utilizará todo o tempo disponível para o terminar;

- os empregados preferem sempre ter um subordinado em vez de um rival;

- os empregados criam mutuamente trabalho.

Estas três declarações explicam a tendência natural para aumentar o número de membros do pessoal. Embora seja em grande parte humorística, a Lei de Parkinson tem a vantagem de explicar inteligivelmente o desenvolvimento da burocracia.

TEORIA

O Estado fornece tarefas para os poderes públicos (justiça, polícia, diplomacia, etc.). Para além desta função histórica, ao longo do século XX, foram desenvolvidos benefícios sociais para proporcionar educação, cuidados de saúde, cobertura de saúde e pensões. Embora esta segunda dimensão funcione de forma diferente de uma nação para outra, pode ser encontrada em toda a Europa conhecida como o "Estado-Providência".

Para gerir esta vasta operação, são necessários agentes, chamados funcionários públicos. Em França, por exemplo, isto refere-se aos membros dos três serviços públicos (Estado, hospital e territorial), mas mais geralmente refere-se, num sentido não jurídico, aos funcionários públicos. Esta nuance é necessária para compreender o alcance da Lei de Parkinson, criada por um autor britânico, uma vez que o termo "funcionário público" é entendido de forma diferente noutros países.

👁 PESSOAL DOS TRÊS SERVIÇOS CIVIS EM FRANÇA

Em 2013, a França empregava 2,3 milhões de funcionários públicos, 1,14 milhões de funcionários hospitalares e 1,8 milhões de funcionários territoriais, perfazendo um total de 5,24 milhões de pessoas. Estes números incluem os proprietários e empreiteiros.

Instintivamente, a razão dita que as autoridades públicas contratem agentes para as tarefas que pretendem confiar-lhes. Logicamente, o aumento do número de funcionários deve corresponder a um aumento do âmbito de ação da autoridade pública em questão. A Lei de Parkinson foi criada para contrariar esta ideia.

No artigo que publicou em 1955 na renomeada revista *The Economist*, Cyril Northcote Parkinson construiu o raciocínio exatamente oposto. Segundo ele, o aumento do número de funcionários públicos é de cerca de 5,7% por ano, independentemente da quantidade de trabalho dada ao pessoal.

O argumento de Parkinson alterna entre dados sérios e um desejo evidente de divertir o leitor. No prefácio escrito para a edição francesa de um livro sobre a Lei de Parkinson, publicado no início dos anos 80, o grande economista e demógrafo Alfred Sauvy (1898-1990) cita também Raymond Devos (humorista francês, 1922-2006) e Jacques Tati (argumentista e ator francês, 1907-1982) mais voluntariamente do que os economistas clássicos britânicos Adam Smith (1723-1790) e David Ricardo (1772-1823) e classifica Parkinson entre os maiores fantasistas da época. Contudo, esta fantasia é mais uma demonstração do humor britânico do que uma conclusão em si, e tornou-se uma referência clássica na gestão pública.

Como ponto de partida para o seu raciocínio, Cyril Northcote Parkinson assinala que quanto mais tempo um indivíduo tiver para executar uma tarefa, mais tempo a tarefa o levará a completar. Ele ilustra isto com o exemplo de uma mulher idosa e de um homem jovem que devem cada um enviar um cartão-postal. Escolher o cartão, escrever o texto, carimbar o cartão e enviar o cartão: todas estas operações levarão certamente um dia inteiro para a pessoa que não tem mais nada a ver com o seu dia, embora a tarefa não demore mais de meia hora para uma pessoa muito ocupada. Por conseguinte, não há correlação entre a quantidade de trabalho necessária e o pessoal escolhido para realizar o trabalho: este é o princípio da eficiência.

A Lei de Parkinson é baseada em duas outras declarações:

- **Os funcionários públicos preferem sempre ter um subordinado em vez de um rival.** Esta afirmação é demonstrada no artigo de Parkinson. Se um funcionário público acredita – com ou sem razão – que tem demasiado trabalho, há três opções disponíveis:

  - deixar a posição;

  - solicitar que outro empregado seja contratado;

  - pedir um subordinado.

Por razões relacionadas com a sua carreira e potenciais promoções, preferirá um subordinado em vez de um colega que seria considerado um rival. Além disso, para assegurar que não surja uma rivalidade entre ele e o seu subordinado, ele preferirá contratar dois subordinados. O mesmo problema surgirá alguns anos mais tarde com estes dois novos recrutas, de modo que dentro de pouco tempo cinco pessoas trabalharão lá, em vez da única pessoa que lá trabalhou pouco antes.

- **Os funcionários públicos criam mutuamente trabalho.** O aumento do pessoal leva a procedimentos burocráticos mais pesados, justificando mais tarde a decisão de contratar. Se o funcionário tem muito trabalho depois de recrutar dois subordinados, deve ter sido sobrecarregado de antemão. Mas, de acordo com Parkinson, uma parte significativa da sua carga de trabalho provém dos seus novos recrutas, uma vez que existem agora muitas mais fases de validação.

A partir destas duas tendências, Parkinson formou a lei a que deu o seu nome, e que ele expressa numa fórmula matemática:

$$(2k^m + l) / n$$

- k representa o número de empregados que procuram progredir, nomeando subordinados para os ajudar;
- l representa a diferença entre a idade de nomeação e a idade de reforma;

- *m* representa o número de horas dedicadas a responder aos memorandos dentro do departamento;

- *n* representa o número de novos empregados necessários em cada ano.

Para encontrar a taxa de crescimento, o produto é multiplicado por 100 antes de ser dividido pelo total do ano anterior (yn notado), o que dá:

$$100(2k^m + p) / yn$$

A Lei de Parkinson afirma que esta taxa se situa entre 5,17% e 6,56%, independentemente de qualquer variação na quantidade de trabalho envolvido.

LIMITAÇÕES E EXTENSÕES

Qual é o alcance da Lei de Parkinson? A aparência científica da teoria acentua a sua natureza provocatória. No entanto, embora se pretenda que seja humorística, ainda é utilizada em reflexões sobre a burocracia e os seus efeitos negativos.

LIMITAÇÕES E CRÍTICAS

Quantificação e taxa de crescimento

A fraqueza metodológica da lei criada por Parkinson é fácil de identificar, uma vez que a maior parte dos valores da equação não pode ser determinada. Como podemos de facto quantificar os funcionários públicos que procuram promoções? Isto exigiria uma ferramenta de leitura da mente, que o Estado ainda não possui. Do mesmo modo, medir o número de horas gastas a responder a memorandos é um pensamento simpático, mas significaria classificar entre respostas úteis e produtivas e aquelas que a função pública poderia dispensar.

O resultado da equação, uma taxa de crescimento entre 5,17% e 6,56%, não deve, portanto, ser considerado pelo seu valor facial. Num artigo publicado cerca de 20 anos após a introdução da sua lei, Parkinson tentou mostrar que funcionava. Ao estudar o pessoal da função pública britânica, ele próprio reconheceu a fraqueza da base estatística sobre a qual tinha construído o seu raciocínio. No entanto, concluiu a validade da lei, analisando os funcionários de algumas autoridades britânicas, particularmente do Ministério da Defesa. No entanto, este artigo teve uma vez mais uma forte dimensão satírica, encorajando as pessoas a rirem-se dele.

Devemos, portanto, manter acima de tudo a lógica da Lei de Parkinson, sem nos concentrarmos demasiado na fórmula matemática, cuja intenção é provavelmente mais humorística do que científica. Portanto, vejamos as principais coisas que podemos aprender com Parkinson:

- O tempo de execução de uma tarefa tende a atingir o tempo real disponível para completar a obra.

- Num sistema burocrático, a força de trabalho tende a crescer rapidamente, devido às estratégias de avanço dos atuais trabalhadores, mas também devido ao maior número de procedimentos que justificam o aumento do número de pessoas ligadas a uma tarefa. Este impulso no sentido de aumentar o número de funcionários públicos conduz a um impasse económico. De facto, estas posições são financiadas por débitos diretos obrigatórios, que seguem, portanto, uma tendência ascendente, atingindo um limiar que sufoca o sistema económico.

Inaplicabilidade à empresa e falta de familiaridade da gerência

A Lei de Parkinson não podia ser aplicada a uma empresa devido a restrições de produtividade e aumento da variação do emprego. Pelo contrário, esta empresa tenderá a reduzir a sua força de trabalho em vez de a aumentar. Embora na realidade, a Lei de Parkinson não corresponda às técnicas de gestão e de recursos humanos. Estas técnicas funcionam para motivar as equipas a fim de aumentar a produtividade e, portanto, lutar contra a tendência para aumentar o tempo necessário para completar uma tarefa específica.

MODELOS E EXTENSÕES RELACIONADAS

A Lei de Parkinson é ainda hoje famosa. Podemos, portanto, abordar outras leis ou princípios que, para alguns, utilizam terminologia atualizada e cujos pressupostos invocam os feitos por Parkinson.

- Em 1970, **Laurence J. Peter** (educador canadiano, nascido em 1941) formulou o princípio ao qual deu o seu nome, o Princípio de Peter. Quando funcionários competentes são promovidos a um cargo superior, chegará sempre um momento em que os cargos numa empresa (especialmente a nível de gestão) são ocupados por funcionários incompetentes. Este princípio é semelhante à Lei de Parkinson no que diz respeito à promoção de funcionários públicos.

- Em 1975, **Frederick Brooks** (engenheiro informático e professor universitário, nascido em 1931) publicou um livro intitulado *The Mythical Mar-Month*. Ele explica como acrescentar pessoal a um projeto que já está atrasado só irá aumentar o atraso final. Ele critica a unidade de medida frequentemente utilizada na gestão de projetos, a do homem-mês, ou seja, a quantidade de trabalho realizado por uma pessoa num mês. No entanto, este volume depende em grande parte da organização geral do projeto, das condições de trabalho, etc.. Esta conclusão tem uma base comum com a explicação de Parkinson sobre a expansão do trabalho para preencher a quantidade de tempo disponível para o completar. Esta abordagem também foi comparada com algumas das leis sobre a expansão dos gases, mas este paralelo é mais uma comparação do que uma semelhança.

- Considerando Parkinson como escritor sobre algo entre humor e economia, é também possível compará-lo a **Auguste Detoeuf** (industrialista e escritor, 1883-1947). Foi autor de várias coleções de ditos e pensamentos e tinha estudado na École Polytechnique, tendo depois fundado a empresa *Alsthom*. Os seus textos estão repletos de reflexões do mundo empresarial, com várias referências ao tempo e à melhor forma de o utilizar. Estes pensamentos humorísticos são muitas vezes semelhantes à abordagem da Lei de Parkinson sobre a expansão do tempo necessário para a realização de uma tarefa específica.

No mundo das ciências sociais, desde o início do século XX, vários autores estudaram os efeitos da burocracia, divulgando descobertas semelhantes às estabelecidas por Cyril Northcote Parkinson. Três deles são dignos de menção aqui.

- De acordo com **Max Weber** (sociólogo alemão, 1864-1920), a ascensão do capitalismo conduz a um novo tipo de autoridade. Enquanto as sociedades feudais que dependem da autoridade pessoal e os regimes despóticos (como o Bonapartismo) se baseiam na autoridade carismática, o capitalismo gera obediência à regra, a chamada autoridade racional. Uma pessoa tem controlo de acordo com a posição que ocupa na hierarquia e os poderes que estão associados a essa posição. O termo "burocracia" surgiu então, utilizado por Max Weber, sem conotações pejorativas, para descrever o papel crescente da administração estatal e das empresas nas sociedades modernas. Inversamente, ele considera a burocracia como a forma social mais bem sucedida, uma vez que se baseia no primado da lei e ajuda os envolvidos nas tarefas a sobreviver.

- A abordagem de **Ludwig van Mises** (economista austríaco-americano, 1881-1973) é muito mais crítica. Em 1944 denunciou, em *The Bureaucracy*, o peso crescente das administrações públicas nas economias contemporâneas e o obstáculo que elas representam para o crescimento da atividade económica. Este texto pode ter inspirado Parkinson que, afirmando ter desenvolvido uma regra que explicava a taxa de crescimento do número de funcionários públicos, estava preocupado com uma época em que esta categoria representaria a totalidade da mão-de-obra.

- Ao longo destas investigações, o sociólogo francês **Michel Crozier** (1922-2013) demonstrou como os funcionários de um sistema burocrático se libertam gradualmente das regras para desenvolver espaço para a liberdade. Esta investigação pode explicar porque os funcionários de grandes organizações demorariam cada vez mais tempo a completar o seu trabalho, estabelecendo assim as condições de contratação de novos agentes, tal como descrito por Parkinson.

Desde os anos 70, a teoria da nova gestão pública preocupa-se com a gestão da administração pública, procurando métodos de modernização largamente inspirados na gestão de empresas privadas. Tratar os utilizadores como clientes requer o desenvolvimento de agências eficientes que distribuam serviços, uma vez que o governo central apenas estabelece as diretrizes. Esta abordagem, amplamente aceite mas também frequentemente criticada, tenta superar a burocracia e as suas peculiaridades.

APLICAÇÃO PRÁTICA

Seja em grandes empresas privadas ou administrações públicas, os gestores estão a tentar estabelecer ferramentas para combater as tendências subjacentes identificadas por Parkinson.

Contudo, na administração pública, estes meios são frequentemente mais limitados do que no sector privado. Os regulamentos do pessoal limitam os poderes hierárquicos: só podem ser despedidos em circunstâncias excecionais, e a definição dos salários raramente tem em conta os elementos objetivos do desempenho. Em todos os países ocidentais, os desenvolvimentos recentes levaram a uma melhoria da eficiência da administração pública, com os seguintes objetivos:

- controlar mais de perto os funcionários e assim limitar o efeito de expansão do tempo de trabalho;

- simplificar os procedimentos administrativos, contrariando as tendências burocráticas;

- finalmente, limitar o crescimento da força de trabalho nos serviços públicos, incluindo a tentativa de reduzir o número de funcionários públicos, indo contra as previsões de Parkinson sobre o inevitável aumento do número de funcionários do Estado a uma determinada velocidade.

CONSELHOS E DICAS DE TOPO

Objetivos de gestão

Muitos países implementaram a gestão por objetivos. Até ao início dos anos 90, os orçamentos nacionais raramente incluíam a ligação entre objetivos e meios. Na maioria dos países membros da OCDE (Organização para a Cooperação e Desenvolvimento Económico), estes procedimentos foram então desenvolvidos gradualmente. Em França, por exemplo, a lei orgânica relativa às leis de finanças (LOLF), adotada em 2001 e aplicada em 2006, faz parte deste movimento. Planeia orçamentos nacionais por programa, com capacidade reforçada para verificar o seu desempenho. Por conseguinte, foi concebida para atribuir recursos para alcançar os objetivos estabelecidos pelas autoridades públicas, sob o olhar atento do Parlamento. Estes novos procedimentos tendem a organizar melhor o trabalho da função pública e dos seus funcionários e, portanto, a lutar contra os efeitos negativos da burocracia, tal como analisado por Parkinson. É necessário determinar um número limitado de objetivos claros, para que não se contradigam.

Desenvolver incentivos e controlos

Apoiando esta gestão por objetivos a nível nacional, o envolvimento de funcionários públicos tem sido o tema de muitas experiências. Incentivar os trabalhadores a serem mais eficientes e reforçar os controlos são dois lados da mesma questão: como pode a produtividade dos serviços públicos ser melhorada?

A Dinamarca, por exemplo, desenvolveu um sistema de remuneração contratual para funcionários públicos, com o objetivo de que a parte da remuneração relacionada com o desempenho atinja 20% do salário. Esta avaliação é realizada através de um diálogo entre o funcionário e o supervisor, supervisionado por um representante sindical. Uma recente reavaliação desta política que foi estabelecida há 20 anos mostra uma maior aceitação dos objetivos de desempenho quando parte do salário depende deles, uma vez que o funcionário compreende e se apropria dos indicadores e métodos de avaliação. Outros países optaram por desenvolver os salários dos gestores públicos, daqueles que gerem serviços e agências, e que recebem bónus ou promoções com base no sucesso das suas equipas.

Há ainda necessidade de desenvolver indicadores de desempenho relevantes. Devem corresponder a objetivos de serviço público, sem serem puramente contabilizáveis. Seria difícil medir o desempenho de um agente policial com base no número de multas emitidas ou detenções. Mas como pode ser avaliado o seu trabalho na prevenção do crime? Como podemos medir eventos que não aconteceram? Além disso, em todos os sectores, privados ou públicos, qualquer avaliação envolve um risco de apropriação indevida por parte daqueles que a ela estão sujeitos. Os participantes adotarão atitudes suscetíveis de melhorar os indicadores, em detrimento de outros aspectos do seu trabalho que são igualmente essenciais mas menos facilmente medidos por indicadores. O estabelecimento de medidas de desempenho, para controlar gradualmente o desempenho de acordo com os objetivos estabelecidos, exige prudência e consideração cuidadosa.

Finalmente, os incentivos e os controlos podem ser tornados mais difíceis pelo estatuto de serviço público. Em países com sistemas de carreira, a imobilidade dos funcionários públicos nomeados para cargos estatutários pode dificultar o estabelecimento de uma verdadeira estrutura de incentivos individuais e coletivos.

 ## SISTEMAS DE CARREIRA E SISTEMAS DE POSIÇÃO

Existem dois tipos de organização nos serviços públicos.

- Nos sistemas de carreira, os funcionários ingressam na função pública na sequência de um exame ou concurso. Estão sujeitos a uma organização hierárquica, onde o progresso está ligado aos pontos obtidos a partir da antiguidade e classificação. A segurança no emprego é geralmente garantida.

- Inversamente, os sistemas de posição exigem uma pessoa que se pensa ser a mais qualificada para uma função, mesmo que esta não pertença aos serviços públicos. Mais flexível, este sistema está mais próximo do mercado de trabalho privado.

Note-se que em França, os do s sistemas coexistem. A função pública insere-se no sistema de carreiras, enquanto as autarquias locais funcionam mais como o mercado de trabalho privado, com funcionários mas também com empregados de fora para preencher alguns postos com um contrato temporário.

Redução de tamanho

A Lei de Parkinson foi criada na década de 1950, um período de forte crescimento em economias relativamente fechadas, onde nem o peso da despesa pública nem a concorrência entre sistemas fiscais eram ainda motivo de debate. A situação mudou desde então. Os orçamentos públicos, particularmente desde a crise financeira de 2008, foram apertados; os Estados europeus querem controlar a despesa. Medidas de estabilização significativas, mesmo reduções da mão-de-obra pública, foram iniciadas a partir do início dos anos 90. Os números da OCDE sugerem uma relativa estabilidade no número de funcionários na maioria dos Estados membros desta organização entre 1991 e 2001. Apenas o Luxemburgo apresenta um aumento médio de 4% por ano. A França não fez parte desta investigação.

Várias estratégias têm sido implementadas:

- As privatizações realizadas desde os anos 90 em muitos países levaram a uma mudança de estatuto dos funcionários públicos ou daqueles que são recém-contratados. Esta redução da intervenção do

Estado foi observada em França, por exemplo, com a privatização de grandes empresas como a France Telecom. Os funcionários do Ministério dos Correios e Telecomunicações foram gradualmente substituídos por funcionários privados da empresa France Telecom (agora Orange), e o Estado detém agora apenas uma pequena parte do capital.

- Muitos países tentam, há vários anos, conter a mão--de-obra pública. As políticas de não substituição de agentes, aposentação e contratação levaram à estagnação, ou mesmo a uma ligeira diminuição do número de funcionários públicos.

- Alguns estados contrariaram mais obviamente a Lei de Parkinson, empregando uma política mais brutal de declínio notório no número de funcionários estatais. Na Alemanha, nos anos 90, o Estado separou-se de alguns funcionários na sequência da reunificação do país.

As políticas de descentralização criaram uma ilusão de decréscimos significativos. Assim, de acordo com dados do Tribunal de Contas, os funcionários públicos permaneceram estáveis nos serviços públicos estatais entre 2000 e 2007, uma primeira vez para países como a França, que está muito ligada à intervenção pública. Mas, ao mesmo tempo, o número de funcionários municipais aumentou em 400 000, como resultado de sucessivas medidas de descentralização que transferiram novas responsabilidades para as autoridades locais, incluindo o pessoal técnico encarregado dos colégios (conselhos gerais) e das escolas secundárias (conselhos regionais). Trata-se, portanto, mais de uma operação de leito de água do que de uma verdadeira política de estabilização dos funcionários públicos.

ESTUDO DE CASO – A FUNÇÃO PÚBLICA BELGA

A Bélgica é um exemplo interessante de serviço público baseado num estatuto rígido, com cerca de 840 000 funcionários até ao final de 2013. As recentes reformas tentaram inverter a tendência de aumento constante das matrículas descrita por Parkinson. Trata-se de uma forma de responder à crise económica, mas também de recuperar da erosão da confiança entre o governo e os seus cidadãos. Embora tenham sido feitos esforços pelo estado federal, a progressiva federalização do país levou as regiões e comunidades a desenvolver o seu pessoal para assumir novas tarefas, de modo a que o número de funcionários públicos tenha continuado a crescer.

A MODERNIZAÇÃO DOS SERVIÇOS PÚBLICOS

Tradicionalmente, a função pública belga caracteriza-va-se por uma baixa mobilidade dos funcionários, um sistema de carreira considerável e uma certa rigidez, como muitos serviços públicos europeus. A partir dos anos 90, o peso crescente da dívida pública, que atingiu um pico de 137% do PIB em 1993, levou o país a tentar modernizar os serviços públicos para manter os custos baixos, melhorando simultaneamente a eficiência. Os serviços públicos são responsáveis por cerca de 17% do PIB belga, uma taxa relativamente baixa, mas ao pessoal hospitalar deve ser acrescentado, e não estão incluídos na base estatística.

A nível federal, foram introduzidos programas de formação em gestão, mobilidade na carreira e responsabilidade de liderança para aumentar a eficiência e lutar contra o aumento excessivo do tempo de trabalho e do número de funcionários públicos, tal como descrito por Parkinson. As regiões e comunidades também desenvolveram os seus métodos. Na Flandres, foram introduzidos mandatos de seis anos para altos funcionários. A função pública foi reorganizada em departamentos, com grandes delegações a gestores. Na Valónia, procedeu-se a um reagrupamento e a autoridade regional dividiu ainda mais as funções operacionais entre os vários departamentos.

 ## Sabia que...

A função pública belga utiliza frequentemente pessoal contratado, trabalhadores temporários ou subcontratados para executar tarefas específicas, apesar do seu custo mais elevado, a fim de diminuir a rigidez da administração pública. De facto, estes colaboradores são mais flexíveis porque não são nomeados.

Para se tornarem funcionários públicos, os candidatos devem passar uma série de exames, enquanto que para a seleção de altos funcionários, além desta primeira seleção, os candidatos devem reunir-se com um conselho disciplinar composto por especialistas nas competências necessárias para as vagas, que são geralmente profissionais dos sectores público e privado.

A FEDERALIZAÇÃO ACABA POR PROVAR A TEORIA DE PARKINSON

O governo federal também se comprometeu com uma política de redução do pessoal dos serviços públicos belgas. Nos compromissos orçamentais do país, são tomadas medidas para respeitar o Pacto Europeu de Estabilidade e Crescimento, levando a poupanças significativas nas despesas de pessoal listadas para os anos 2010 a 2014. Estas excedem os 300 milhões de euros indicados para 2013 e 2014.

Ao mesmo tempo, o país aumentou a sua federalização, transferindo muitas responsabilidades para as autoridades locais e regionais. Os esforços para conter o emprego público ao nível do adiamento foram frustrados pelo aumento dos serviços públicos nas regiões e comunidades. O emprego no sector federal aumentou moderadamente entre 2000 e 2010, num total de 4,5% (longe dos 5-6% por ano previstos por Parkinson). Contudo, durante o mesmo período, aumentou 20,5% nas comunidades e províncias e 22,7% nas regiões. O emprego no sector público em todos os níveis cresceu mais rapidamente do que o emprego total entre 2000 e 2010 (13,8% contra 9,2%). A incerteza do mercado privado está a afastar os candidatos que procuram segurança no emprego, garantindo estabilidade na sua carreira e nas suas tarefas.

Este exemplo ilustra as dificuldades enfrentadas pelos países ao conterem o número de funcionários públicos. O legado da legislação anterior que as novas práticas de gestão lutam para suavizar, as legítimas expectativas da população sobre os serviços públicos e o movimento de descentralização ou federalização que é muito pronunciado na Bélgica, mas presente em muitos países europeus onde o nível local é valorizado, tudo isto leva a um difícil controlo sobre o pessoal – sem mencionar que esta arma pode ser utilizada para combater o desemprego. Mas numa altura em que as contas públicas são escrutinadas de perto pela Comissão Europeia, pelo Tribunal de Contas e pelos mercados financeiros, e onde a globalização exerce uma pressão descendente sobre o nível dos impostos obrigatórios ao criar concorrência entre os sistemas fiscais das nações ocidentais, esta questão aparece na agenda política e económica. Todos os Estados estão a tentar limitar as previsões de Parkinson, com relativo sucesso.

RESUMO

- A Lei de Parkinson prevê um aumento anual proporcional do número de funcionários públicos entre 5,17% e 6,56%, independentemente da carga de trabalho.

- Cyril Northcote Parkinson baseia o seu raciocínio em três pressupostos:

  - um funcionário do Estado utilizará todo o tempo disponível para completar o seu trabalho;

  - ele preferirá sempre ter subordinados em vez de colegas de trabalho, com base na lógica de progressão na carreira;

  - os funcionários públicos criam trabalho uns para os outros.

- A Lei de Parkinson é altamente satírica, mas concorda com mais teorias científicas sobre burocracia.

- Chama a atenção do leitor para um grande desafio financeiro, mas parece negligenciar completamente o aspecto da gestão e eficiência dos recursos humanos.

- Atualmente, os serviços públicos estão a fazer esforços consideráveis, especialmente nos recursos humanos, para lutar contra a sua tendência natural para crescer, a fim de controlar as finanças públicas e a qualidade dos serviços prestados à população.

LEITURA ADICIONAL

BIBLIOGRAFIA

Demonty, B. (2013) Record de fonctionnaires en Belgique. *Le Soir*. [Online]. [Acedido a 7 de Julho de 2014]. Disponível a partir de: <http://www.lesoir.be/160948/article/actualite/belgique/2013-01-14/record-fonctionnaires-en-belgique>

OCDE. (2005) *Modernizar o Governo: O Caminho para o Futuro*. [Online]. [Acedido a 7 de Julho de 2014]. Disponível a partir de: <http://www.oecd-ilibrary.org/governance/modernising-government_9789264010505-en>

OCDE. (2007) *Examen de l'OCDE sur la gestion des ressources humaines dans la fonction publique : Belgique*. [Online]. [Acedido a 7 de Julho de 2014]. Disponível a partir de: <http://www.oecd.org/fr/gouvernance/emploi-public/39375860.pdf>

OCDE. (2011) *Preésentation de l'Étude économique sur la Belgique 2011 : Trois enjeux stratégiques pour la Belgique*. [Online]. [Acedido a 7 de Julho de 2014]. Disponível a partir de: <http://www.oecd.org/fr/belgique/etudeeconomiquedelabelgique2011.htm>

Parkinson, C. N. (1983) *Parkinson's Laws*. Paris: Robert Laffont.

Queremos ouvir de si!
Deixe um comentário sobre a sua biblioteca online
e partilhe os seus livros favoritos nas redes sociais!